Chapitre 1 : La rencontre e...

Cette histoire prend sa source dans la rencontre entre deux êtres : Christian et Astane.

Chrysian est issu d'un village voisin à celui d'Astane, distant de 3 kilomètres.

Issu d'une famille monogame, il est le deuxième enfant de ses parents, ayant comme ainée une fille et deux autres comme sœurs cadettes et un benjamin. Ils sont donc au nombre de cinq.

A l'âge d'aller à l'école chrysian fut naturellement inscrit à l'école du village voisin car son village étant petit, les missionnaires ne jugèrent pas utile d'y installer une école.

Les premières années furent donc celles de l'adaptation à sa nouvelle vie d'écolier. Mais au fils du temps, Chrysian s'est révélé être un garçon turbulent qui rythmait ses journées par des bagarres au sortir des cours en fin de journée dans un besoin effréné de s'affirmer comme l'un « des coqs de la basse-cour ».

Dans cet environnement viril, évoluait une jeune fille, assez timide : Astane.

Astane est l'ainée d'une fratrie de trois personnes dont un garçon, Grandet, qui est son frère puîné. La particularité des trois frères et sœurs est qu'ils sont nés hors mariage bien qu'ayant tous un même père. Leur mère étant une très jeune maman, ils ont donc été élevés par leurs grands parents qui incarnaient donc leur figure parentale.

C'est dans cet environnement là que Chrysian et Astane font connaissance.

Il faut noter que nous sommes vers la fin des années soixante, une période ou les traditions ancestrales sont encore très ancrées dans les mœurs.

Chapitre 2 : L'idylle

Chrysian est admis au concours d'entrée en sixième, il est donc contraint de quitter le village. Cette situation sera un véritable pincement de cœur pour la petite Astane dont les sentiments sont naissants pour le nouveau collégien.

Le collégien éprouvait-il déjà des sentiments pour la jeune Astane en quittant le village ? Apparemment oui, et ce sentiment était réciproque mais la jeune fille était encore bien jeune. Mais avec le temps, l'âge aidant, ses sentiments pour le jeune garçon vont s'accentuer et c'est à ce moment que vont entrer en jeu deux jumeaux, cousins d'Astane et……neveux de Chrysian.

Les deux vont alors jouer le rôle de facilitateurs qui va conduire au rapprochement des deux amoureux.

Les parents de CHRYSIAN étaient des paysans et se donnaient donc le plus grand mal pour assurer sa scolarité et celle de sa fratrie. Il prit donc la décision d'interrompre ses études et de participer à un concours professionnel qui allait lui permettre d'intégrer un institut de formation dans un pays de l'Afrique de l'ouest pendant trois à l'issue desquels il était nanti d'un parchemin qui faisait de lui un fonctionnaire moyen de l'administration.

A l'issue des épreuves, Chrysian fut admis au concours et devait donc quitter le pays pour trois longues années. Le plus difficile allait être d'annoncer la nouvelle à Astane.

Ayant appris la nouvelle, Astane devint subitement confuse, car des sentiments nouveaux dont elle ne pouvait soupçonner firent jour. A la joie qui l'animait de voir son amoureux réussir un concours pour aller continuer ses études à l'étranger (ce qui était très prestigieux pour cette époque, de quitter le pays et prendre un avion), allait se mêler d'autres sentiments plus confus : la vide et la crainte de perdre son amoureux.

Le jour du départ de CHrysian pour la capitale avant le départ pour l'étranger fut le jour le plus difficile de la jeune vie d'Astane. Elle devait se faire à l'idée de vivre trois longues années sans le voir, sans pouvoir entendre sa voix, une durée qui ressemblait à une éternité. Mais il fallait bien qu'elle se fasse à cette triste réalité. Elle l'accompagna donc à la gare routière. Les adieux furent très poignants car, avant de monter dans le car, les deux tourtereaux s'enlacèrent très fortement pendant un laps de temps qui paru une éternité. Chrysian monta donc dans le car. Lorsque celui-ci démarra, Astane fondit littéralement en sanglot, inconsolable comme si c'était la dernière fois.

Astane apprit donc par des connaissances de la famille que Chrysian avait bel et bien l'avion pour l'étranger et qu'ils avaient effectué un bon voyage. Ce qui la rassura. Mais allait commencer la longue attente d'une éventuelle lettre qui viendrait de ce pays si lointain. N'ayant pas de boite postale privée compte tenu de son âge et issue d'un milieu paysan, la seule par la laquelle elle pouvait éventuellement recevoir les nouvelles était donc celle de son collège.

Elle se faisait donc un devoir de passer tous les jours ouvrables de la semaine au service courrier du collège pour voir si elle avait reçu une missive de son amoureux. Les jours passaient et se ressemblaient mais la passion était plus forte que tout. Elle devenait même l'objet de sarcasmes et de moqueries de la part des surveillants et de quelques élèves, mais elle n'y prêtait guère attention car, personne ne pouvait mesurer l'intensité de la flamme vivace qui consumait en elle, il fallait le vivre pour le comprendre. Mais dans ce milieu provincial, encore marqué par le poids des traditions et des amours enragés qui pouvait vraiment comprendre cette expérience particulière qu'elle vivait ? Pas grand monde en tout cas.

Un mois s'était écoulé depuis le départ de Chrysian pour l'étranger, et la ferveur d'Astane restait intact. Le deuxième mois idem, elle allait quotidiennement consulter le courrier. Le troisième mois fut entamé avec la même ferveur intacte. Mais un beau jour, alors que le quatrième mois venait d'être entamé, la persévérance fut finalement récompensée. Elle recevait enfin ce courrier qu'elle avait patiemment attendu. Elle croyait rêver, secoua sa tête à plusieurs reprises, se mordit les doigts pour s'assurer qu'elle n'hallucinait pas. Elle était bien réelle cette lettre qui venait de si loin car elle reconnaissait bien l'écriture de son prince charmant. Dans un moment d'intense émotion, elle poussa un cri qui attira l'attention des surveillants qui lui prirent de quitter les lieux au risque d'être sanctionnée. Elle se confondit donc en excuses et se retira aussitôt.

Tout le monde pouvait constater qu'elle était rayonnante de bonheur et que quelque chose avait changé. Elle avait pu, elle aurait annoncé à tout le collège qu'elle avait reçu une lettre de son amoureux depuis ce pays lointain.

La lecture de cette lettre dans un coin de la classe la fit fondre littéralement en larmes, c'est à croire que le contenu devait être aussi vibrant qu'émouvant. Ce qui était tout à fait vrai. A l'intérieur, Chrysian, relatait son voyage, les conditions de son installation, son école, l'immensité de la ville, et surtout le vide crée par son absence à ses côtés mais qu'il fallait qu'elle soit forte et qu'elle sache qu'il est présent à ses côtés tous les jours que Dieu fait.

En rentrant, Astane s'empressa de répondre à la lettre qu'elle avait reçu. Elle y passa une nuit entière car, les mots n'étaient jamais assez justes ; elle écrivait, barrait, reprenait, barrait.... Jusqu'à ce qu'elle estime qu'elle avait rédigé la bonne, avec les mots adéquats.

Ce fut donc le début d'une longue série d'échanges qui allait durer trois ans.

Il faut noter que le gouvernement permettait aux étudiants boursiers à l'étranger de rentrer pour les vacances après deux ans en prenant à sa charge les frais de transporta pour le plus grand bonheur d'Astane. Au bout de deux ans, Chrysian rentra pour les vacances qui devaient durer deux mois. Deux mois de moments intenses.

Les villages des tourtereaux étant voisins, tout étant prétexte à ce que l'un aille dans le village de l'autre ; sans compter les multiples escapades nocturnes .

Des vacances inoubliables devaient prendre fin avec le départ de Chrysian.

En partant, il ne savait pas que sa dulcinée avait un début de grossesse.

C'est à travers la première missive d'Astane après son départ qu'allait apprendre l'heureuse nouvelle.

Neuf mois plus tard, Astane allait donner naissance à un beau petit garçon qui, malheureusement allait décéder quelques semaines plus tard. C'est avec déchirement que Chrysian apprit la triste nouvelle. cela le conduisit donc à accélérer la cadence de ses correspondances afin de rassurer et surtout consoler sa dulcinée.

Les trois années furent donc passées et Chrysian rentra donc au pays munit de son parchemin. Et c'est tout naturellement qu'il fut intégré dans le corps des fonctionnaires du pays.

Son premier poste d'affectation fut une bourgade assez éloignée à une centaine de kilomètres de la capitale. Il fut donc question qu'il aille seul pour sa première année de service, surtout qu'il ne s'était jamais présenté officiellement chez les parents d'Astane.

Il faut souligner ici, que nous sommes dans une société africaine très traditionnaliste à une époque ou une fille ne peut vivre avec un homme sans être mariée et pire, un enfant né d'une telle union appartenait unilatéralement à la famille de la fille sans autre forme de procès. Le père de l'enfant n'ayant même pas le droit de donner son patronyme au nouveau né.

Chrysian rejoignit donc son poste d'affectation. Mais la souplesse de son emploi du temps lui permettait d'effectuer des séjours fréquents dans sa région d'origine et y voir subséquemment sa dulcinée.

Il était donc question que pendant les vacances, Chrysian aille se présenter chez les parents d'Astane conformément aux prescriptions traditionnelles.

Il faut noter ici que le mariage traditionnel est un processus normé constitué de trois principales étapes : les présentations, le rapt, le mariage proprement dit.

Lors de l'étape des présentations, la future belle famille donne simplement le droit au prétendant de ne plus venir en « cachette » et ouvertement au vu et au su de tous sans plus.

Mais il y avait un problème. Le grand père d'Astane ne voulait absolument pas qu'elle se marie car, selon lui, elle était celle qui devait être le pilier de la famille, travailler et subvenir aux besoins de la famille, et surtout, gardienne des secrets.

Cette situation allait donc compromettre la première étape du processus de mariage qui est celle des présentations car le grand père ne voulait rien entendre. Il n'était pas question qu'Astane aille en mariage.

La jeune Astane n'entendait pas les choses de cette façon. Il n'était pas question pour elle d'être sacrifiée sur l'autel des convictions et desiderata de son grand père. Elle entendait bien aller en mariage contre vent s et marées. Elle ne concevait pas sa vie sans son prince. le passage en force fut donc envisagé en passant par le rapt. Cela devait contraindre le vieillard à abandonner ses desseins.

Chapitre 3 : un mariage particulier

Le scenario du rapt fut concocté entre les deux tourtereaux de concert avec les deux jumeaux qui étaient dans toutes les confidences du couple. Il était question pour Chrysian d'enlever Astane autour de deux heures du matin et de l'emmener dans son village. Ce qui fut fait .

Le grand père en se réveillant le matin constata l'absence de la jeune fille. Il comprit ce qui s'était passé. La nouvelle se propagea dans le village qu'Astane avait été enlevée par son amoureux.

Ce qu'il faut souligner ici c'est que cette pratique fait toujours l'objet de représailles. En effet, lorsqu'une fille a été enlevée, ses frères du village s'arment de fusils, de machettes, couteaux de chasse pour aller « venger le rapt ». il est question pour eux de débarquer dans le village du prétendant et de tuer à vue tous les animaux de la basse cour qui ont le malheur de croiser leur chemin.

Tous les jeunes hommes valides du village d'Astane s'armèrent donc de fusils et de machettes, encouragés par leurs parents et débarquèrent dans le village donc le village de Chrysian. Le Carnage fut terrible. Tout y est passé : cochons, chèvres, canards, poulet, pintades domestiques.

Ils avaient décimé une bonne partie des animaux domestiques du village. Les vieillards qui n'avaient pas assez de bêtes n'avaient que leurs yeux pour pleurer car malgré leurs supplications, ils n'arrêtèrent guère le massacre. Ils récupèrent aussitôt tout ce qu'ils avaient abattu et s'en retournèrent sans demander leur reste.

Le vieux Tom (le grand père d'Astane) comprit donc sa petite fille était en train de lui échapper et que ses projets étaient compromis. Il prit donc la décision ferme de ne jamais accepter de donner la main de sa petite fille.

Chrysian envoya donc une délégation pour aller négocier la main d'Astane auprès du vieux Tom.

Ils furent reçus par le vieux Tom comme l'impose l'hospitalité en pareille circonstance.il leur demanda naturellement le but de leur visite (même s'il le savait pertinemment). Le porte parole de la délégation prit la parole et commença son propos par une des tournures linguistiques dont les sages seuls ont le secret et paracheva par la demande en mariage en lui expliquant que deux jeunes s'étaient aimés pour une fois sans que le mariage ne soit arrangé, il était donc judicieux en pareille circonstance de favoriser une telle union.

Le vieux Tom les écouta religieusement jusqu'à ce que le porte parole lui eût remis la parole. Il n'alla pas par quatre chemins et leur dit clairement que sa petite fille n'était pas faite pour le mariage et qu'il fallait qu'ils oublient cette idée. Sa forte personnalité n'allait pas favoriser les débats. La délégation, déçue, prit donc congé de lui.

Cela coïncidait avec la fin des vacances. Astane qui vivait dorénavant avec Chrysian devait partir avec lui pour son lieu d'affectation. Ce qui fut fait. Les deux tourtereaux allaient vivre maritalement pour la première fois. La jeune fille vint malgré tout dire au revoir à ses grands parents. L'atmosphère était pesant car le vieux Tom ne dit mot jusqu'au départ d'Astane.

L'adaptation d'Astane à sa nouvelle vie se fit sans beaucoup de difficultés. Etant l'ainée de la maison de ses parents, elle avait été formée aux tâches ménagères. Le plus difficile allait être de concilier cette vie de femme en couple gérant un foyer et d'élève. Oui, elle n'avait pas renoncé à ses études et c'est la seule chose qu'elle promit à son grand père.

Un événement particulier allait chambouler la vie du couple : Astane tomba enceinte en plein milieu d'année scolaire.

Cette situation allait réveiller les vieux démons : quelle va être la posture du vieux Tom en apprenant la nouvelle ? L'enfant étant conçu avant le mariage, il revenait de droit à ses parents maternels et le père n'avait aucun droit dessus !

Une situation qui angoissait Chrysian au plus haut point. Il prit donc la décision d'essayer de contraindre par tous les moyens le vieux Tom d'accepter de donner la main de sa petite fille. Pour cela, il effectua un voyage express dans son village.

Arrivé au village, il exposa la situation à son père, et lui dit clairement qu'il fallait qu'il use de toute sa sagacité pour que le vieux Tom accepte. Il lui remit par la même occasion une somme de cinq cents mille francs CFA au titre de la dot au cas où il accepterait, sans compter un supplément de deux cent milles pour la couverture des frais d'une éventuelle cérémonie.

Ce mariage devait être particulier car les futurs mariés allaient être absents.

Chrysian, anxieux, s'en retourna donc à son lieu d'affectation avec l'espoir que les choses se passeraient comme il le souhaitait ardemment.

Derrière lui, son père envoya un émissaire auprès du Vieux Tom lui informer qu'une délégation du village allait venir le rencontrer.

Le jour convenu, le père de Chrysian constitua donc la délégation qui allait l'accompagner dans cette délicate mission. Elle se mit en route. Une fois arrivée, la délégation présenta ses civilités au vieux Tom qui avait réuni ses frères du village pour l'occasion et les pria de prendre place. Ensuite, il leur donna la parole. Dans son propos liminaire, le porte parole de la délégation (qui est souvent un membre du village ne faisant pas parti de la famille mais réputé pour ses talents oratoires) prit donc la parole en énonçant un proverbe circonstanciel. A la suite, il précisa sa pensée en exposant à l'auditoire le but de leur visite qui était une suite des premières discussions (infructueuses) qui avait déjà eu lieu.

En prenant la parole, le vieux Tom réitéra son refus de voir sa petite fille aller en mariage. Mais les parents de Chrysian avaient plus d'un tour dans leur sac. Ils avaient prévu cette situation de blocage et en plan de secours se rabattre sur les frères de Tom dont les femmes étaient issus leur village, leurs beaux frères, qui devaient être chargés d'acculer le vieux Tom et l'amener à céder.

Cette stratégie dite des « beaux frères » va donc s'avérer payante car ceux-ci réussirent à convaincre leur frère de lâcher du lest au moyen de proverbes, d'adages et d'anecdotes. Par dépit, il accepta la dot.

Ce fut donc un mariage sans tambours ni trompettes, surtout sans les mariés, un mariage particulier, un mariage par procuration. Un fait inédit.

Chapitre 4 : La naissance de Térence

Quelques mois après la cérémonie controversée de mariage, Astane donna naissance à petit garçon. C'était la période des vacances scolaires, c'est tout naturellement que le couple allait passer les vacances au village. L'accouchement eut donc lieu au centre de santé de la ville la plus proche.

La mère de Chrysian qui avait accompagné Astane en ville lorsque le travail avait commencé, rencontra à ce sujet que son fils avait disparu pendant toute la période de travail de sa femme et n'était réapparu qu'à la naissance (il n'y avait pas encore de téléphone portable). Le bon monsieur arriva donc quelques heures après l'accouchement tout joyeux, ayant appris que c'était un garçon. Il fut sermonné comme il se doit par sa mère.

Chrysian le prénomma Térence.

Un problème se posa lorsqu'il fut question d'attribuer un patronyme au nouveau né. Térence avait été conçu avant le mariage bien qu'étant né après le mariage. Les oncles du nouveau né estimèrent qu'il n'était pas question que le nouveau né porte le patronyme de son père car celui-ci avait joué au roublard avant précipitant le mariage car il savait que sa compagne était déjà enceinte. L'enfant ne devait donc pas lui revenir. Les esprits commencèrent donc à s'échauffer.

Paradoxalement, celui qui tut cette discussion fut le vieux Tom. Il décida que l'enfant revenait à son père et qu'il était libre de lui donner son patronyme. La polémique mourut donc de sa belle mort.

Quelques mois avant la naissance de Térence, son père avait perdu son cousin germain auquel il était très attaché car s'était son grand frère. Il fut donc très affecté par cette mort. Pour l'honorer, il donna donc au nouveau né le patronyme du défunt.

Il faut noter que le vieux Tom mourut quelque temps après la naissance de Térence.

Comme il est de coutume dans la tradition, les jeunes garçons sont circoncis très tôt. Térence fut circoncis à l'âge de quatre ans pendant les vacances scolaires. Ce jour là, il n'était pas le seul à passer « à l'abattoir », plusieurs gamins du village allaient aussi passer à la trappe. Il n'était pas le premier à passer, il put donc voir le sort réservé aux autres. Ce qui le conduisit à aller se refugier à la cuisine chez sa mère. Quelques instants plus tard, il entendit la voix de son père qui l'appelait. Mais sachant très bien le mobile de l'appel, il répondit à son père, caché derrière sa mère qu'il était malade. « Térence ou es tu ? Je suis malade papa , je suis malade papa » . Chrysian fit donc irruption à la cuisine et le saisit de force. Il essaya désespérément de s'agripper à sa mère en criant : « maman ne me laisse pas partir, défends moi, je ne t'embêterai plus jamais ». Mais c'était peine perdue. Astane versa une larme entendant les cris de son fils au loin. Un trou de près de dix centimètres avec été creusé. C'est devant celui-ci que Terence fut installé, solidement maintenant par son père et quelques autres bras disponibles. le monsieur en charge de l'opération, un notable de la contrée dont s'était la spécialité, sortit une lame de rasoir neuve. Térence cria de toutes ses forces, essaya de se débattre mais avec quelle force ? Neutralisé par des gaillards. C'est donc impuissant qu'il assistait au retrait de son prépuce.

Cette opération avait paru une éternité pour le jeune garçon . A la fin de l'opération, une mixture faite de cola et d'une graine piquante préalablement mâchées fut crachée sur le sexe ensanglantée du jeune garçon. Après cela, le jeune fut installé face à un feu allumé pour la circonstance et donc l'objectif était l'affermissement de la plaie et l'arrêt du sang.

Cet épisode marqua durablement Térence.

Entre temps, Chrysian est muté dans la capitale. C'est donc dans ce nouvel environnement que le développement de Térence se fera. Il va donc s'avérer être un garçon particulièrement turbulent. On aurait pu croire qu'il était possédé, tellement il ne tenait pas en place.

En un temps record, il avait brisé tous les lavabos de la maison car, il montait systématiquement dessus et sautillait. Ils furent donc remplacés à plusieurs reprises. Sans compter les fauteuils du salon qui étaient découpés à la lame.

Une fois, il entreprit de « réparer le ventilateur » en découpant les fils de la bobine de celui-ci. A l'issue de son opération de réparation, il brancha donc celui-ci en gardant la main sur la bobine déchiquetée. Mais la masse qu'il reçut le fit sursauter en poussant un cri strident. Il ne s'amusa plus jamais avec le courant électrique.

Chrysian était en fait Professeur d'éducation physique, il avait donc à sa charge la piscine olympique de la capitale. Assez régulièrement, lorsque l'emploi du temps le permet, il emmenait Térence avec lui. Progressivement il avait appris à nager . Lorsqu'il devint assez autonome, son père pouvait donc le laisser seul mais avec une seule interdiction : ne jamais tenter de plonger à partir du sautoir des dix mètres.

Mais c'était comme donner à Térence l'autorisation d'y aller. Au loin, Chrysian aperçut le trublion au bord du sautoir des dix mètres, il essaya de crier mais c'était trop tard le gars se jeta à l'eau. Lorsqu'il en sortit, la première personne qu'il vit c'était son père qui lui ordonna instamment de sortir de l'eau et qu'il allait être privé de piscine jusqu'à nouvel ordre. Cette punition était plus difficile qu'une semaine de baston quotidienne.

Un jour, un cousin à Chrysian, gendarme en province était de passage dans la capitale. Il avait avec lui son sac de voyage et une paire de menottes accroché à celui-ci. Ayant des courses à faire, il laissa donc le sac au salon et s'en alla. Derrière lui, Térence se mit dans la tête d'aller essayer les menottes. Il se retrouva donc prisonnier du sac. Car, n'ayant pas de clé, il ne pouvait s'en défaire. Et à chaque fois qu'il essayait de les enlever, les menottes se resserraient. Il faisait jour, et il ne savait pas à quelle heure son oncle allait rentrer. Il était donc obligé de trainer ce gros sac de militaire partout ou il allait dans la maison, aux toilettes, dans la cour de la résidence. Il faisait donc l'objet de railleries de la part des voisins. Manque de pot pour lui, toute la maisonnée de venait sortir pour une rencontre familiale. Il resta donc seul à la maison en pleurs. C'est en milieu de soirée que l'oncle réapparut, amusé car on lui avait déjà fait part de la situation.

Un jour pendant qu'il était en train de suivre son dessin animé favori, sa mère lui intima l'ordre d'aller prendre son bain. Ce qu'il refusa au motif qu'il regardait encore son dessin. La mère insista. Le garçon fit le choix de perdre son dessin et de ne pas se laver. Ce que ne digéra pas Astane qui se mit à sa poursuite. Il faisait dix neuf heures. Une course poursuite s'engagea entre la mère et son fils sur près de deux kilomètres à travers la ville. Le bambin était torse nu est pied nu. C'est un couple qui observait la scène qui mit fin à cette situation insolite en convainquant la mère de ne pas lui faire de mal et remit quelques pièces au petit pour qu'il regagne la maison. Ce fut fait.

L'incident fut rapporté à Chrysian à son retour à la maison. Il se mit dans une colère noire et alla enfermer Térence dans une pièce isolée de la maison car il était excédé !!!

Pendant deux jours il resta enfermé. Il sortait uniquement pour se préparer à aller à l'école. Le déjeuner lui était remis dans la pièce.

Quelques années plus tard, alors qu'il était en sixième, il vivait chez son oncle Grandet, frère cadet de sa mère. Celui-ci fit l'acquisition d'un magnétoscope, d'une chaine wifi. Ces acquisitions passèrent à la trappe en quelques semaines.

le dernier fait notable de Térence fut lorsqu'il prit une arme pour intimider des ressortissants d'un village voisin qui rapportèrent à son père. C'était la situation de trop. Il avait douze ans. Il avait une tradition familiale qui voulait que les garçons apprennent à tirer relativement jeunes. Ce qui fut le cas de Térence. Sauf qu'il profita de son accès aux armes pour commettre son forfait. Ce qui lui valut l'interdiction de toucher à une arme. Une interdiction qui allait durer trois ans !!! Une éternité car la chasse était le principal passe-temps des vacances au village.

Chapitre 5 : Les vacances au village

La tradition voulait que la famille passe l'été (qui correspondait aux vacances scolaires) au village. C'est l'occasion pour les enfants de renouer avec les us et coutumes du village, et surtout l'initiation aux travaux champêtres. C'était aussi l'occasion de fraterniser avec les nombreux cousins et cousines qui venaient eux aussi passer leurs vacances au village. Cette période durait généralement trois mois (de fin juin à fin septembre).

Les activités étaient multiples. Déjà que l'arrivée au village correspondait avec la récolte des arachides qui était l'aliment de base de la région. Les jeunes vacanciers devaient donc prêter main forte à leurs grands parents aux champs. Ces petites mains étaient vraiment salutaires au regard de l'importance des tâches à effectuer.

Ces travaux faisaient l'objet de petites compétitions entre les gamins à savoir qui récolterait le plus d'arachides dans la journée. Un antagonisme que n'appréciaient pas particulièrement les grands parents car le tri des gousses d'arachides était bâclé, l'on se retrouverait donc avec un mélange d'arachides de bonne et de mauvaise qualité.

Les retours des champs étaient l'occasion pour les jeunes garçons d'organiser des matchs de football qui s'achevaient souvent en fin de journée. A la suite de quoi les gamins couraient chacun chez soi récupérer le matériel de toilette et foncer à la rivière. Ces confrontations étaient quotidiennes et rythmaient toutes les vacances. Il arrivait de temps à autre que les gamins reçoivent une invitation des jeunes des villages voisins. Des invitations salutaires qui permettaient de sortir du village et de fraterniser avec les gamins des villages alentours.

Les jeunes filles, elles, au sortir des champs avaient pour tâche de faire quotidiennement la vaisselle. Celle-ci se faisait généralement à la rivière. Chacune remplissait soit un panier soit une brouette. C'était aussi l'occasion pour elles de papoter, de mieux se connaitre. C'était aussi l'occasion de commérages dont les jeunes filles ont le secret.

Le soir, après avoir diné, les jeunes garçons retrouvaient les ainés au corps de garde car ils étaient friands de leurs histoires qui tournaient généralement autour des commentaires sur les films d'action inaccessibles aux gamins, ou encore leurs premières expériences amoureuses. Pour les gamins, ce n'étaient pas des moments à rater.

Chaque dimanche, tout le village se rendait à l'église. C'était l'occasion pour chaque vacancier de sortir ses meilleurs habits de sortie. De la part l'accoutrement de chaque gamin, On pouvait aisément distinguer ceux qui revenaient de la capitale, ceux qui vivaient dans d'autres villes et ceux qui vivaient au village.

Une autre activité animait aussi le quotidien des gamins, c'était la fabrication des voitures faites avec du cœur de branches de palmiers des eaux. Un matériau ultra léger qui séchait très vite au soleil et dont la collecte était assez périlleuse car, comme tout palmier, il était bourré de piquants. Le moindre faux pas pouvait donc conduire à l'hôpital. Mais rien ne pouvait freiner ces jeunes qui avaient déjà en perspectives leurs voitures en cœur de palmier. Ces experts en fabrication de ces véhicules particuliers étaient paradoxalement les jeunes qui vivaient au village tout au long de l'année. C'était donc l'occasion pour eux de monnayer leur talent pour une fois qu'ils pouvaient avoir un avantage sur ces « maudits citadins ». Une voiture à fabriquer pouvait bien valoir une culotte (usagée pour le citadin pour encore impeccable pour le villageois), un tee shirt, ou encore un ou deux verres de riz cru dérobé chez les grands parents.

Les vacances s'organisaient donc autour de ces différentes activités. La fin des vacances étaient toujours une période difficile pour tout le monde. Pour les grands parents, ils allaient de nouveau se retrouver seuls sans la chaleur de leurs petits enfants.

Pour les jeunes vivants au village, la vie allait être de nouveau monotone car le village allait se vider. Et pour les citadins, la séparation avec tout ce beau monde allait être difficile car ils ne se reverraient que neuf mois plus tard. Il faut avouer que l'excitation de la rentrée scolaire atténuait la douleur des séparations.

Depuis près de trois ans, le père de Chrysian était malade. Il alternait les périodes de relative stabilité physique et de chute. Au fil du temps, cette situation s'accentuait. Les aller et retour entre le village et la capitale (située à près de six cents kilomètres du village) devenaient récurrents. Cette situation conduisit donc Chrysian à demander à sa hiérarchie une mutation dans sa région natale afin d'être au chevet de son père malade. Ce fut donc fait.

Les examens cliniques avaient décelé un problème cardiaque chez le vieil homme qui l'affaiblissait progressivement.

Alors que les vacances scolaires étaient à leur terme, Térence n'était pas encore parti en ville alors que le reste de la maisonnée y était déja. Des perturbations académiques avaient fait en sorte que la rentrée soit repoussée. C'était l'année ou Térence rentrait au collège. Il faut désigné par son père comme étant celui qui allait veiller sur son grand père au village jusqu'à la rentrée effective.

Durant ce laps de temps, le gamin organisait ses journées comme il pouvait avec les rares gamins qui étaient restés au village.

Pendant un de ces jours, il fut décidé une partie de pêche entre gamins. Les autres avaient des hameçons mais n'avaient pas de fils adéquats pour préparer leurs cannes à pêche. Térence avait ce fil et des cannes à pêche déjà prêtes. Mais la bobine de fil en question se trouvait dans la cuisine de sa grand-mère qui l'utilisait aussi pour tisser des filets de pêche. Le grand père demeurait dans cette cuisine car son état physique ne lui permettait plus de rejoindre sa chambre située dans la maison principale. Il faut noter ici que dans les villages, les cuisines sont séparées des maisons principales et que les femmes âgées préféraient y dormir à coté du feu une fois les tâches quotidiennes achevées.

C'est donc sur la pointe des pieds que Térence alla à la cuisine afin de s'assurer que son grand père dormait et qu'il pouvait donc dérober la bobine de fil et s'en aller discrètement. Il faut noter que malgré sa maladie, son grand père restait alerte. Il continuait à surveiller les faits et geste de son trublion de petit fils.

Le petit s'approcha discrètement de la porte de la cuisine afin de s'assurer que son grand-père n'était pas éveillé. En lorgnant vers son lit, ce qu'il vit allait le marquer pour le reste de son existence. Son grand-père avait chuté de son lit et s'était retrouvé sur le feu qui consumait à coté de son lit. Le vieux était inerte. Apparemment le feu s'était éteint après l'avoir littéralement brulé. La cuisine dégageait une très forte odeur de chair brulée.

Le premier reflexe de Térence fut de récupérer une cuvette pleine d'eau et de la reverser sur son aïeul afin d'éteindre ce qui restait de braises. Pour le gamin, le vieillard était mort. Il sortit donc de la cuisine annoncer aux villageois que son grand-père était mort brulé par le feu. Sans perdre du temps, il entreprit d'aller en brousse à la recherche de sa grand-mère pour lui annoncer la triste nouvelle.

Il retrouva donc sa grand-mère qui était en train de planter les arachides. En pareille circonstance, il fallait beaucoup de tacts pour annoncer ce genre de nouvelle. Mais un jeune de douze ans ne maitrisant pas les subtilités de la langue vernaculaire pouvait-il trouver les mots adéquats ? Non malheureusement. Il appela sa grand-mère en criant : grand-mère, grand-mère, grand-père est décédé.

La pauvre s'effondra sur place en criant elle aussi. Le gamin dépassé par les évènements se mit à pleurer avec sa grand-mère tout en l'aidant à se relever. Sur la route du village, une voiture les récupéra et les laissa au village.

En arrivant à la cuisine, tout le village était réunir autour du vieillard qui apparemment n'avait pas encore rendu l'âme. Les sages du village étaient en train demander au vieillard de bénir sa maisonnée en de partir comme cela était de coutume. Le jeune Térence ne pouvant assister à la scène sortit donc de la cuisine et alla retrouver les autres gamins du village. Pendant qu'ils vadrouillaient de l'autre coté du village, ils entendirent les battements caractéristiques du tambour qui annonçaient la mort de quelqu'un dans le village. Térence comprit donc que son aïeul avait rendu l'âme.

Chapitre 6 : Le Second mariage

La vie de la petite famille prit un tournant radical lorsque Chrysian prit la décision d'épouser une deuxième femme. Une décision qu'Astane ne pouvait accepter. Mais quelles étaient ses options ? Pas beaucoup, car, entretemps, elle avait abandonné ses études et avaient quatre enfants. Sa seule option était donc de laisser ses enfants et de partir.

Mais cette option lui fut déconseillée par ses parents qui lui demandèrent de ne point abandonner ses enfants et de supporter cette nouvelle vie par amour eux car, personne ne pouvait s'en occuper mieux qu'elle.

La nouvelle venue n'allait pas intégrer la maison car Chrysian choisit donc de gérer les deux foyers indépendamment afin d'éviter les tensions éventuelles nées de cette rivalité. Il partageait donc son temps entre ces deux demeures. Mais les départs de Chrysian vers la deuxième demeure étaient insupportables pour Astane qui, par dépit essayait vainement de s'y opposer. Cela donnait lieu à un spectacle pathétique dont les seuls à se délecter étaient les voisins car ils avaient de quoi alimenter leur commérage.

Peu à peu, elle commença à s'habituer à cette nouvelle vie. Elle s'était résignée à partager cet homme pour qui elle avait bravé ses parents, abandonné ses études. ..

La nouvelle femme était devenue l'attraction de toute la famille, les sœurs de Chrysian y passaient le clair de leur temps. Progressivement Astane devenait la risée de la famille. Mais tout cela restait gérable tant que ça se passait au loin.

Cet état de faits allait prendre une nouvelle lors de la mutation à sa demande de Chrysian dans sa région natale afin d'être au chevet de son père malade. Les deux femmes allaient dorénavant vivre sous le même toit.

Les premières escarmouches commencèrent dans la voiture qui conduisait la famille vers le nouveau lieu d'affectation. C'était la première fois que les deux coépouses se rencontraient. La tension était donc palpable. Il suffisait d'une étincelle pour que tout s'embrase. Malheureusement, c'est ce qui arriva. Il avait suffit qu'une des sœurs à Chrysian fasse un aparté avec la nouvelle épouse, cela avait suffit à laisser à Astane qu'elle faisait l'objet de critiques de leur part. Elle s'adressa donc vertement à leur demandant de cesser de la critiquer. La jeune épouse, téméraire, l'envoya balader tout en esquissant un sourire narquois. Le sang d'Astane ne fit qu'un tour et se saisit de sa rivale. Les deux protagonistes furent rapidement neutralisés par l'assistance.

Chrysian qui avait assisté à la scène à distance ne dit mot. Une fois la tension retombée, tout le monde remonta dans la voiture jusqu'à la ville de destination.

Une fois sur place, une maison de quatre chambres fut mise à la disposition de Chrysian pour son administration. Naturellement, chaque femme avait droit à une chambre et les deux chambres restantes étaient partagées par les enfants en fonction de leur âge.

Les femmes ne travaillant pas, les tâches ménagères étaient reparties entre les deux. Elles alternaient en cuisine. Chacune à son tour cuisinait pour toute la maisonnée. Les courses les plus importantes étaient effectuées par Chrysian .

Au quotidien, tout était sujet à polémique. Si l'une des femmes avait cuisiné de la viande la veille, demander à l'autre de cuisiner des légumes afin de varier était casus belli. Les achats de produits de toilettes étaient particulièrement scrutées les deux parties afin de déceler une trace éventuelle de favoritisme.

A l'occasion, les enfants pouvaient être utilisés comme espion pour savoir exactement que l'autre pouvait avoir en moins ou en trop. Si une « injustice » était décelée, celle-ci faisait l'objet d'âpres disputes qui s'achevaient plus souvent par une bagarre entre les deux coépouses. Une scène qui, naturellement, faisait les choux du voisinage qui s'en délectait.

Au niveau familial, comme dans une guerre d'usure, chacune devait compter ses alliés afin d'espérer venir à bout de l'autre et ainsi être la seule femme. Une campagne de charme était donc engagé par les deux coépouses afin de s'attirer les faveurs du plus grand nombre des membres de la famille et ainsi isoler l'autre qui n'aurait plus comme seule option de partir. Comme Chrysian avait recueilli certains des enfants de ses sœurs depuis leur plus jeune âge, il était donc question d'être bienveillant vis-à-vis de ceux-ci afin qu'ils fassent de bons rapports auprès de leurs mamans.

Le manque de tact de Chrysian dans la gestion des conflits n'arrangeait pas les choses. Manifestement, il n'était pas préparé à gérer autant de tensions. Il était en train de comprendre que la polygamie n'avait rien d'un long fleuve tranquille car tout était sujet à polémique, même lorsqu'il croyait bien faire. Cette situation l'affectait de plus en plus. Il rentrait de plus en plus tard lorsqu'il savait que tout le monde dormait. Malgré tout, les coépouses trouvaient le moyen de l'attendre peu importe l'heure. C'est à ce moment qu'il commença à sombrer dans l'alcool. Non seulement il rentrait tard tous les jours mais aussi ivre.

Son addiction à l'alcool devenait évidente. L'éducation des enfants avaient clairement été renvoyée aux calendes grecques. De temps à autre, lorsqu'il rentrait tôt, il pouvait sommer les enfants d'aller étudier leurs leçons. Mais cela arrivait très rarement. A cette époque là, la deuxième femme n'avait pas d'enfants scolarisables Astane si. Elle faisait donc de son mieux pour veiller à ce que ses enfants aient un suivi scolaire.

Une autre situation allait marquer de son empreinte la destinée de ce foyer nouvellement polygame : l'ingérence récurrente des sœurs de Chrysian dans la gestion du foyer.

A chaque fois qu'il y avait un souci, elles intervenaient systématiquement et prenaient des décisions s'il y avait lieu. Le financement des études des enfants devaient recevoir leur assentiment. Ce sont elles qui décidaient des priorités financières de leur frère. En fait, Chrysian était devenu une marionnette qui avait besoin d'être guidé. Astane était devenu spectatrice de sa vie de couple. Que pouvait-elle bien faire ? Rien du tout, supporter, toujours supporter car elle ne pouvait se résoudre à laisser ses enfants à la merci de tous ces vautours.

Avec le temps, les années passant, Astane comprit que cette situation n'était pas prête de s'arrêter, sa coépouse ne s'en irait pas, surtout qu'elle était féconde. La compétition s'est aussi installée sur le plan de la natalité car la jeune coépouse avait en tête de rattraper Astane. Elle se mit donc à enfanter à un rythme effréné d'un enfant par an. Entre temps, Astane avait prit la décision d'arrêter d'enfanter jusqu'à nouvel ordre et de s'occuper pleinement de l'entretien et de l'éducation de ses enfants.

Le temps ayant fait son œuvre, les polémiques avaient baissé d'un cran.

Cette période allait coïncider avec l'admission en stage en France de Chrysian. Toute la famille devait donc quitter la province pour la capitale pour les formalités de voyage.

Chrysian fit d'abord seul un voyage vers la capitale afin de s'enquérir des formalités liées à ce voyage. Une fois sur place, on l'informa qu'il avait droit à des billets pour lui, sa femme légitime et tous ces enfants de moins de douze ans ans. Il faut noter qu'il s'était marié légalement avec Astane quelque temps avant d'épouser à la coutume noce sa deuxième femme. Malheureusement, pour la deuxième femme, l'Etat ne reconnaissait pas les mariages traditionnels car aucun cadre juridique ne l'encadrait.

Au regard de la situation, des décisions conséquentes devaient donc être prises sur les cas de Térence qui avait plus de douze ans, et celui de la deuxième femme non légalement mariée.

C'est tout naturellement que Chrysian alla poser le problème à ses sœurs. Comme il fallait s'y attendre, elles décidèrent qu'aucune des femmes n'allait effectuer le voyage pour la France. Pour le cas, du jeune Térence, il resterait seul en province car aucune de ses tantes n'avait accepté de l'héberger le temps de la formation de son père.

Ces décisions furent donc annoncées à Astane , qui accusa le coup car, pour elle, ce voyage en France était la récompense des années de souffrance . Voila encore qu'une fois qu'on décidait pour elle. Ce calvaire n'avait donc pas de fin.

Il fut décidé qu'elle allait vivre avec la deuxième femme à la capitale. il fit donc de mauvaise fortune bon cœur.

Comme convenu, toute la famille monta sur la capitale et Térence qui avait déjà quinze ans, resta en province. Il fut confié à un oncle à sa mère.

Malheureusement, alors que toutes les formalités administratives de départ avaient été accomplies, Chrysian apprit que son stage avait été annulé alors qu'un fax reçu quelques jours plus tôt confirmait bien qu'il était attendu.

On sut plus tard que cette annulation avait pour origine ses convictions politiques car il était opposant au régime en place, et qu'il s'était présenté aux élections législatives quelques années plus tôt dans sa circonscription natale. Il avait été dénoncé par un baron politique de sa contrée qui pesa de tout son poids pour qu'il ne parte pas.

Entre temps, pour Térence resté en province, la famille avait voyagé pour la France. Il n'avait aucun moyen de savoir qu'ils n'avaient plus voyagé. Pas de numéros de téléphone disponible car les téléphones fixes étaient un luxe. Il fallait qu'il s'accommode de ce qui allait être sa nouvelle vie sans ses proches à ses côtés.

Chapitre 7 : Térence abandonné à lui même

Le parent qui accepta d'héberger Térence chez lui était à la tête d'une famille nombreuse. Il avait deux femmes qui avaient de nombreux enfants sans compter ceux issus des précédents mariages du patriarche. A cela, il fallait rajouter des parents du village qui envoyaient leurs enfants admis au collège vivre chez lui car n'ayant pas où aller. Cela faisait donc une bonne trentaine de personnes qui vivaient dans une maison de quatre chambres.

Le patriarche était instituteur. Il était évident que sa solde ne pouvait nullement permettre de supporter une famille aussi nombreuse. Il faut donc décider que la maisonnée ne pouvait avoir droit qu'à un repas par jour.

La maison avait quatre chambres. Deux chambres étaient occupées par ses deux femmes, les deux autres étaient réparties entre les garçons et les filles.

La chambre des garçons était une véritable prison humaine. Etant Près d'une dizaine, ils devaient se partager deux matelas. Les nuits étaient très pénibles car, manifestement, beaucoup parmi les garçons avaient un sérieux souci avec l'hygiène. Malgré qu'il y avait un étang derrière la maison ou chacun, à toute heure pouvait prendre un bain, beaucoup trouvaient le moyen de ne pas se plier à cet exercice, et ce sur plusieurs jours pour certains. Il arrivait donc que le patriarche, excédé, ordonne nommément aux uns et autres d'aller prendre un bain et de faire la lessive car l'odeur pouvait devenir insoutenable.

Etant donné qu'il n'y avait pas suffisamment de nourriture, tout le monde devait déjeuner au même moment, on attendait donc que tous les élèves soient rentrés. C'était le seul et unique repas de la journée, les tensions pouvaient donc rapidement s'exacerber en cas de retard des uns et des autres.

Un jour, le patriarche reçu la nouvelle selon laquelle Chrysian n'avait plus voyagé car le stage avait été annulé à la dernière minute et en informa Térence.

Cette nouvelle fut accueillie avec beaucoup de joie le garçon qui, après deux mois reçut enfin des nouvelles de ses parents. Cette joie allait être de courte durée. Cette nouvelle qui était réjouissante pour le petit avait apparemment eu le don de provoquer le courroux du patriarche. Mais Térence ne le savait pas.

La colère s'expliquait par le fait que cela faisait deux mois qu'il hébergeait l'enfant croyant que les parents étaient partis alors qu'ils étaient bien à la capitale et sans un geste de soutien de leur part sachant qu'elle était sa lourde charge.

Grace à une parente qui vivait aussi dans la maison, Térence apprit qu'il faisait l'objet de commentaires désobligeants de la part du patriarche et de ses femmes. Et qu'il était préférable pour lui qu'il quitte la maison au regard de la virulence des propos tenus à son encontre. Il faut noter que cette situation avait été amplifiée par une petite somme d'argent que le jeune avait reçu de la part de son père et qu'il aurait pu contribuer à la popote.

Térence avait eu l'opportunité de vérifier par la véracité des confidentes faites par cette jeune parente. Il se résolut donc à partir. Dans le quartier, une cousine directe à son père y vivait. Elle aurait pu être la première option d'hébergement du garçon. Mais, elle était alcoolique. Elle ne pouvait donc pas veiller convenablement sur l'adolescent.

Mais c'était la seule option qui lui restait. Il alla donc auprès d'elle lui demander si elle pouvait l'héberger allant lui expliquant toutes les misères qu'il vivait chez le patriarche. Elle accepta donc en lui disant qu'il était le bienvenu chez elle car sa maison était aussi la sienne. Elle était apparemment lucide, ce qui n'était pas très souvent le cas.

Très rapidement, la vie de Térence chez sa Tante allait devenir infernale. Chaque soir, elle rentrait à la maison ivre et s'en prenait à la maisonnée. Elle n'était jamais avare d'insultes et de grossièreté. Sa fille ainée qui vivait avec elle était déjà habituée à ce scénario monotone.

Elle cuisinait rarement, car pour le faire, il aurait fallu qu'elle fût lucide. C'est donc sa fille qui veillait quand elle le pouvait à ce que Térence ait de quoi manger.

Un jour, en rentrant de ses beuveries, elle demanda à Térence de vider sa maison sans aucune raison apparente. Et comme l'adolescent n'obtempérait pas, elle se mit à vider sa chambre en venant jeter ses effets à la cour.

Alors que la triste scène suivait son cour, le frère cadet de la tante, tout aussi oncle de l'adolescent apparut de nulle part. Il ne vivait pas dans la ville car il était enseignant affectée dans un village assez éloigné. Il demanda des explications à son ainée qui l'envoya balader. Son état ne permettait d'ailleurs pas une discussion cohérente et constructive.

A coté, il y avait un vieillard qui vivait seul, sans enfant et récemment veuf. Sa maison était en planches vieillies et surtout rongées par les termites. Cette demeure donnait l'impression de pouvoir s'effondrer à la moindre pluie. Elle était située à côté d'un ruisseau et gagnée par les hautes herbes car, l'âge avancée du vieillard ne lui permettait d'entretenir assez régulièrement sa demeure ou d'y faire des rénovations.

C'est dans cette bâtisse qu'allait dorénavant vivre Térence car le vieillard s'était proposé de l'héberger gracieusement jusqu'à la fin de l'année scolaire. Il avait pris pitié pour l'adolescent car, c'était un témoin privilégié de ses tourments.

C'est tout ce qu'il pouvait faire, lui offrir un toit. « Mon fils, tout ce que je peux faire pour toi c'est de te donner un toit. Comme tu l'as si bien remarqué, je vis seul et j'ai du mal à m'alimenter. Je me nourris essentiellement de bananes jusqu'au jour ou mon seigneur me prendra, si tu acceptes de les partager avec moi ça pourra te soulager de temps à autre ». Tels furent les propos du vieillard en recueillant le garçon.

Cette maison avait une chambre à l'extérieur qui donnait directement sur le ruisseau. C'est cette dernière que Térence occupa. Les planches commençant à s'affaisser, on pouvait aisément apercevoir la personne à l'intérieur.

. Il n'y avait ni électricité ni eau courante dans la maison. Le vieux avait une seule lampe tempête. Térence devait donc se débrouiller pour s'éclairer la nuit.

Les premiers jours furent pénibles, car il n'arrivait pas à trouver le sommeil. Il avait l'impression que cette maison était hantée. Par ailleurs, ce vieillard qu'il ne connaissait pas vraiment l'inquiétait au plus haut point. En effet, selon la croyance populaire, les personnes âgées vivant seules étaient souvent considérées comme malveillantes. les enfants devaient donc s'en éloigner au risque de se voir jeter un sort par ces derniers. Durant la nuit, Térence ne trouvait pas le sommeil, car ces idées lugubres hantaient son esprit. Il passait donc des nuits blanches.

Avec le temps, il apprit à connaitre le vieillard. C'était un homme bienveillant. De temps à autre ; quand il le pouvait, il lui remettait quelques doigts de banane mure.

La vie au quotidien était difficile. Térence allait au lycée le ventre vide et devait parcourir près de trois kilomètres à aller et au retour pour se rentre en classe. En rentrant, n'ayant pas de quoi manger, il s'allongeait sur le lit et se mettait à pleurer en passant à sa mère. Lendemain, la fatigue générée par la faim ne lui permettant pas de suivre les cours, il passait la journée de classe la tête couchée sur le table-banc. Et lorsque les professeurs lui demandaient pourquoi il était couché, n'ayant pas souvent la force de répondre, ses camarades de classe répondaient pour lui en disant qu'il avait mal aux dents. A la fin des cours, il faisait un effort monstre pour arriver chez lui. Souvent, pour atténuer sa faim, il allait recueillir les feuilles d'aubergine qu'il faisait bouillir en y ajoutant du sel. Cela lui permettait de tenir une journée. Des fois, certains camarades au courant de sa condition, lui remettaient quelques pièces d'argent qui lui permettaient en sortant des cours d'acheter des beignets qui allaient constituer son repas du jour.

Il y avait des jours où la tentation du vol était grande. Des jeunes lycées vivant eux ici sans leurs parents habitaient dans le voisinage. Ne pouvant supporter la faim, ils se livraient assez régulièrement au vol de poules, de canards et de régimes de banane pour l'assouvir. Malheureusement pour eux, ils se faisaient assez régulièrement prendre et avaient conséquemment une très mauvaise réputation dans le quartier. Térence ne voulait donc pas se mêler à eux.

Loin d'être totalement propre, il lui arriva de faire équipe avec une petite bande du quartier qui allait assez souvent soutirer discrètement quelques produits alimentaires.

Un jour, en revenant des cours, il rencontra une parente originaire du village de sa mère. Elle revenait à peine du village mais devait repartir lendemain. Cette rencontre était salvatrice pour lui car, il pouvait envoyer un message à sa grand-mère maternelle sur ses conditions de vie difficile en ville. Il savait sa grand-mère malade, elle était atteinte d'un cancer assez avancé. Il ne s'attendait vraiment pas à grand-chose de sa part. Le message fut donc envoyé.

Un peu plus loin dans le même quartier, vivait un parent éloigné à Térence du côté de sa mère. Il s'appelait Samy. C'était aussi un grand ami à Chrysian . Il vivait avec sa sœur ainée, sa femme et de ses nombreux enfants.

En revenant du village, la sœur ainée de Samy, appelée Anna qui était une cousine à la grand-mère de Térence, lui ramena un colis de la part de celle-ci. Ce colis était composé d'un paquet de pate d'arachides, de quelques bâtons de manioc et de quelques bouts de canne à sucre. Aux yeux du garçon, ce colis valait tout le caviar du monde car ça faisait des jours qu'il n'avait rien mangé de consistant.

C'est à travers la grand-mère que sa cousine sut dans quelles conditions vivait le garçon et en fut très affligée. « C'est ta grand-mère qui m'apprend au village dans quelles conditions tu vis, c'est inconcevable, nous sommes aussi tes parents, pourquoi ne passes tu pas manger chez nous lorsque tu as faim ?dorénavant passes à la maison après les cours, même s'il n'y a rien on partagera le peu que tu trouveras ».

Quelques jours plus tard, en sortant des cours, Térence fit comme l'avait suggéré la parente. Au moment de manger, elle lui demanda de se joindre aux autres. Ce qu'il fit. Mais il croisa tout de même quelques regards réprobateurs autour de la table qui manifestement n'appréciaient pas cette bouche de trop.

Les jours suivants, les petites langues commençaient à se délier sur cette bouche de trop qui s'invitait à chaque fois à table alors que la maisonnée était déjà pleine. Un jour, un des fils à Samy, le plus incisif de tous, lui fit une remarque acerbe sur ses présences régulières à table alors qu'il ne vivait dans cette maison. Anna qui avait assistée à la scène au loin ne dit mot.

Très touché par cette interpellation, blessé dans sa chair, Térence prit la décision de ne plus jamais remettre ses pieds sans cette maison. D'ailleurs, c'est l'attitude parfois belliqueuse des enfants de cette maison qui fit que dès le départ, malgré la parenté avérée, il n'y allait pas.

Des jours passèrent, le garçon était revenu à sa triste réalité. Le mirage avait duré quelques jours et la désillusion fut grande. Mais il devait garder sa dignité.

Anna constata son absence et fit le lien avec les propos tenus par son neveu quelques jours plus tôt. Elle le fit donc appeler. Le garçon se confia auprès d'elle en lui disant qu'il ne voulait pas déranger car il y avait déjà beaucoup de bouches à nourrir dans la maison. Elle comprit sa posture mais lui demanda malgré tout de revenir et que cette fois, il allait partager avec elle sa part de nourriture.

Malgré tout, le fait de venir dans cette maison restait une épreuve pour le garçon car il devait affronter des regards acerbes. Une fois arrivé des cours, Anna le conduisait dans sa chambre et lui remettait sa part de nourriture. La première fois, Térence ne s'empêcha de fondre en larme car le geste de cette femme était plus qu'attendrissant. Elle lui essaya les larmes. Le scenario devint donc immuable, la parente lui réservait systématiquement une part de nourriture. Souvent, elle luit demandait de s'allonger sur son lit après avoir mangé .

L'attention d'Anna ne se limitait pas seulement à lui assurer de quoi manger. Elle commença aussi à veiller sur ses fréquentations. Le banditisme juvénile régnait beaucoup dans le quartier. Rare étaient les jeunes qui fréquentaient assidument les bancs de l'école. Ils s'adonnaient pour la plupart à des activités de vol, de braquage, le poker. Térence étant le seul qui essayait de sortir du lot au regard de son jeune âge et de son parcours, elle mit donc un point d'honneur à veiller à ce qu'il ne sombre pas car certains des enfants de son frère Samy avaient sombré et étaient difficilement récupérables.

Cette bienveillance vis-à-vis du garçon n'était pas particulièrement appréciée par la femme de Samy. Régulièrement, à chaque fois qu'elle recevait ses amies, leurs conversations tournaient autour de « ce garçon qui s'incrustait dans son ménage alors qu'elle avait déjà beaucoup de bouches à nourrir ». Anna qui entendait toutes ces conversations dit au garçon de ne pas y prêter attention.

Alors que son année scolaire était jusque là marquée par des absences, des notes catastrophiques, le soutien salvateur d'Anna avait grandement contribué à stabiliser et à améliorer sensiblement les résultats scolaires de Térence.

Un jour, en rentrant des cours, Térence apprit que son père était dans la ville. Il n'en crut pas ses oreilles. Il s'était tellement accommodé de cette vie d'orphelin qu'il ne pensait plus revoir un jour ses parents. En rentrant des cours, comme de coutume, il allait d'abord se changer avant de descendre manger chez Samy.

En arrivant chez Samy, il vit une voiture garée. C'était un véhicule administratif portant l'immatriculation de l'administration de tutelle de Chrysian. Le garçon comprit alors que son père était là.

En rentrant dans la maison, il vit son père qui était en grandes discussions avec Samy car ces deux là étaient de grands amis. Il alla donc dans les bras de son père avec beaucoup de pudeur et ne manifesta pas ses émotions. Mais à l'intérieur ça bouillonnait. Chrysian était en mission d'inspection dans la région pour quelques jours et devait repartir sur la capitale.

Pendant ces trois jours que son père fit dans la ville, Térence se sentait revivre. Il dormait à l'hôtel avec son père. Celui-ci le déposait chaque matin devant le lycée et avait droit à un petit déjeuner, un déjeuner et un diner pendant ce séjour.

A la fin de sa mission, et comme le garçon avait eu le temps de raconter à son père ses difficultés, celui-ci se résolut à demander solennellement à Samy s'il pouvait garder le petit jusqu'à la fin de l'année qui était proche car il était en classe d'examen (il devait passer le brevet).

Cette demande fut donc faite devant la femme de Samy, Anna. Samy accepta naturellement en soulignant que pour lui cette demande ne se justifiait pas car le garçon était aussi le sien et qu'il avait naturellement sa place dans la maison. Cette posture avait le mérite d'être claire. Chrysian repartit sur la capitale.

Cette réunion avait radicalement changé l'état d'esprit ambiant. Térence était accepté par toute la maisonnée, même par la femme de Samy.

C'est avec sérénité que le garçon put finir son année scolaire et il réussit son brevet d'office.

Chapitre 8 : Retour en famille

Après des vacances pleines passées au village entouré par l'ensemble de la famille, Térence rejoignit la capitale ou il allait poursuivre ses études.

Grace à quelques connexions de son père, il put intégrer le plus grand lycée de la capitale.

Entretemps, Chrysian reçut une notification de sa hiérarchie sur un départ en stage non plus en France mais dans un pays limitrophe pour une durée de deux ans. Cette fois, il devait laisser l'ensemble de la famille contrairement à la première fois ou il était question qu'une bonne partie de la maisonnée effectue le voyage.

La famille résidait dans une espèce d'enceinte ou résidaient aussi deux sœurs de Chrysian . C'est donc dans cet environnement qu'il laissa sa famille et voyagea.

Il faut noter qu'il ne s'était jamais absenté pour un séjour aussi long depuis la fin de ses études.

Les premières semaines après le départ de Chrysian étaient assez tristes pour la maisonnée. Mais progressivement, tout le monde commençait à s'y faire. Le chef de famille envoyait régulièrement de ses nouvelles et se tenait au courant de tout ce qui se passait à la maison. Ses deux femmes ne travaillaient pas. C'est donc sur son seul salaire que toute la famille vivait.

Très vite, les premières tensions allaient naître. Les sœurs de chrysian se mirent à l'esprit de régenter la vie de la famille. Toutes les décisions liées à la vie quotidienne, l'éducation des enfants aux dépenses de la maison étaient systématiquement prises par elles sans en référer à Astane qui était la premiere femme.

Au fil du temps, des complicités naquirent entre la seconde femme et les sœurs. Ces accointances avaient comme cible principale Astane. Ce qui eut comme conséquence son isolement. Régulièrement, elle faisait l'objet de sarcasmes. A plusieurs reprises, elle surprit des conversations secrètes entre sa coépouse et ses belles-sœurs où elle était clairement le sujet. Tout y passait, sa façon d'éduquer ses enfants, sa façon de cuisiner, sa façon de gérer les sous et même son niveau d'éducation.

Un jour, n'en pouvant plus, Astane craqua littéralement et s'en prit non seulement à sa coépouse mais aussi à ses belles-sœurs. Au cours de cette dispute, elle dit ses quatre vérités à ses détractrices qui, à leur tour ne se laissèrent pas faire. Cet affrontement laissa des marques. Dorénavant, elle et ses belles-sœurs ne s'adressaient plus la parole. De concert avec sa coépouse, elles se mirent en tête de lui rendre la vie difficile. Chaque situation était l'occasion de rires aux éclats dans un but unique de provocation.

Une étape supplémentaire fut franchie lorsque les enfants d'Astane furent aussi pris pour cible. Dans un premier temps, on les accusa d'écouter aux portes et de colporter les informations. Ensuite, ils devinrent l'objet d'accusation de toute sorte même lorsque ceux-ci étaient manifestement absents.

C'est dans cette ambiance délétère que s'acheva l'année académique. Chrysian rentra au pays pour les vacances. Astane lui fit le point de tout ce qui s'était passé derrière lui. Mais il fit le choix de garder son mutisme car il ne souhaitait guère se mettre à dos ses sœurs et sa jeune femme. Les vacances s'achevèrent sans qu'aucune solution ne soit apportée à la situation. Il regagna donc son lieu de stage pour la deuxième année.

La nouvelle année reprit de plus belle, les railleries et autres provocations s'accentuaient. Il devenait clair que les sœurs de Chrysian souhaitaient le départ d'Astane et de ses enfants. La haine devenait évidente. Le niveau de détestation vis-à-vis de ses enfants avait atteint des niveaux inquiétants. Leur seule vue donnait une impression de dégout comme s'ils puaient.

Cette situation conduisit Térence à tenir un agenda dans lequel il notait minutieusement tout ce que sa mère et ses enfants enduraient.

Cette situation devenait tellement intenable qu'il abandonna volontairement ses études par solidarité pour sa mère. L'environnement n'était plus propice à un quelconque épanouissement. On ne pouvait laisser sa mère pleurer quotidiennement et espérer se concentrer en classe. C'était impossible.

La fin de l'année scolaire coïncidait avec le retour définitif de stage de Chrysian.

On lui fit le point de la situation explosive qui couvait chez lui, et surtout de l'abandon par Térence des études. Comme à son habitude, il ne dit mot.

Dès l'entame de la nouvelle année académique, Térence fut inscrit dans un établissement secondaire privé. La vie de la maisonnée reprit un semblant de normalité avec le retour du chef de famille.

Mais très vite, les vieux démons allaient resurgir. Les disputes éclatèrent au grand jour entre Astane, sa coépouse et les belles-sœurs. Comme à son habitude, Chrysian garda son mutisme. Un mutisme qui avait le don de détériorer la situation. Pire, l'agenda de Térence fut découvert par un de ses cousins, fils d'une des protagonistes. La découverte de son contenu fit un tollé tel que Térence n'eut d'autre choix que de s'enfuir et se réfugier chez son oncle Grandet.

Chapitre 9 : La Fuite

Le lendemain de sa fuite, Astane vint lui remettre ses effets et en profita pour faire un point de la situation à Grandet. Il apparut clairement que Chrysian avait finalement choisi le camp de ses sœurs et il fit comprendre à Astane qu'il avait perdu son temps en élavant Térence car c'était une cause perdue. En outre, il n'allait pas payer le reste des frais de scolarité dus au titre de l'année en cours car c'était du gâchis selon lui.

Dans sa réponse, Grandet dit ceci : « J'ai toujours dit que Chrysian n'était pas un homme car, quelqu'un qui est incapable de prendre des décisions fermes dans son foyer ou de tenir en respect ses sœurs ne peut être appelé ″ homme″. En ce qui concerne ses frais de scolarité, c'est un petit problème, je vais m'en charger jusqu'au jour ou il me dira lui-même qu'il ne souhaite plus continuer ses études. Tu peux repartir le cœur tranquille, il est ici chez lui, c'est mon fils ».

Ces propos furent d'un grand réconfort pour Astane qui repartit revigorée.

Dès le lendemain, Grandet alla régler le restant dû des frais de scolarité de Térence.

Grandet était fonctionnaire des douanes. Il était marié à Irma avec qui il avait trois enfants. Parallèlement, il hébergeait un de leurs cousins qui allait devoir partager (malgré lui) sa chambre avec Térence.

Imposant de carrure, il mesurait près de cent quatre vingt dix centimètres pour près de cent cinquante kilos. C'était un homme de caractère, intimidant de premier abord. Mais au fond, il était très démocrate, bien qu'adepte de l'exercice de la discussion, il n'aimait jamais s'avouer vaincu. Ayant joué au football dans sa jeunesse au championnat d'élite, il restait passionné de football. Les transmissions de match à la télévision déchainaient toujours les passions. Si par malheur l'on ne supportait pas la même équipe que lui, ça pouvait s'achever en queue de poisson.

Dans la vie au quotidien, il était un vrai père. Il ne ratait jamais une occasion pour prodiguer des conseils et surtout de souligner l'importance de la réussite scolaire comme gage d'un avenir radieux. Il ne lésinait sur les moyens lorsqu'il était question d'acheter des livres manquants, des cours de soutien en cas de retard lorsque cela valait la peine.

Son culte de la réussite scolaire était tel qu'il pouvait cautionner quelques égarements lorsque les résultats scolaires étaient au rendez vous.

La maisonnée ne manquait de rien, il y avait toujours à manger car Grandet y veillait minutieusement.

Le seul inconvénient de la vie chez c'est qu'il rechignait à dépenser pour l'achat des vêtements. Dans son entendement, un élève n'avait pas besoin de s'acheter régulièrement des habits car ça le détournait de ses objectifs académiques et au profit des futilités. C'était donc le strict minimum pour Térence à ce niveau.

Térence partageait la même chambre qu'Amaury, cousin de sa mère. Il était de dix ans son ainée. Grandet l'avait fait venir pour continuer ses études à la capitale et ainsi de bénéficier d'un meilleur encadrement. Mais son âge avancé pour un lycéen le conduisit quelques années plus tôt à arrêter ses études en suppliant Grandet de comprendre sa décision. Il intégra donc un centre des métiers pendant deux années à l'issue desquelles il obtint son diplôme de photographe.

Cet exil chez son oncle ouvrit les yeux de Térence. En replongeant dans son enfance, les seules images qui lui traversaient étaient liées aux souffrances de sa mère, sa lutte pour la réussite de ses enfants, les persécutions de ses belles sœurs. Ajouter à cela, les exhortations de son oncle raisonnaient dans sa tête comme un écho.

Il prit donc la résolution ferme d'honorer ces deux personnes qui jouaient un rôle central dans sa vie. Il put redresser son année qui avait très mal débuté et passa en première.

Ces vacances étaient les premières qu'il passait à la capitale sans aller au village. Elles avaient donc un goût particulier pour lui. Il ressentait de la mélancolie et de la nostalgie. Mais il devait faire de mauvaise fortune bon cœur.

Il fallait bien s'occuper. Pour un adolescent dont la phase de la puberté s'achevait manifestement, une activité allait remporter les suffrages : la drague.

Il y avait une école dans le quartier. C'était le coin de rencontre de tous les jeunes du quartier. Il y avait des aires de jeux, de sorte qu'on puisse y pratiquer du football, le basket-ball, du volley-ball sans oublier les arts martiaux.

Chaque jeune, fille ou garçon y allait donc de son activité. On pouvait aisément voir des matchs de volley-ball entre filles et des matchs virils de basket-ball de garçons. Les confrontations mixtes n'étaient pas rares.

C'est donc dans ce décor que Térence allait fourbir ses premières armes de cupidon. Son sport favori était le basketball. Comme il était de coutume, chaque adepte de ce sport devait choisir le nom d'un basketteur NBA célèbre du moment. L'équipe phare était les Chicago bulls et Térence aurait bien voulu pour le nom d'une des stars de cette équipe mais malheureusement tous les noms étaient pris. Il se rabattit donc sur les Phoenix Suns et leur célèbre meneur : Kevin Johnson.

Chaque après midi à partir de 14 heures, le parquet de l'école se transformait en foire d'empoignade entre les « Hakeem Holajuwon », « Dan majerle », « Clyde Drexler », « Michael Jordan », « Scottie Pippen », « Kevin Johnson ».

Pour se surnommer Jordan, il fallait vraiment technique bon sinon on devenait l'objet de railleries de la part des autres. Il fallait donc le mériter.

Très vite, le basketball devint le sport phare qui allait avoir les faveurs de la majorité des jeunes du quartier. Dès l'entame, des équipes de trois se formaient et un mini tournoi pouvait débuter. Il s'achevait généralement autour de dix neuf heures lorsque les dernières lueurs du soleil s'effaçaient. Les tournois quotidiens s'enchainaient et montaient de plus en plus en intensité car, une donnée avait changé : des petits groupes de supportrices s'étaient formés et assistaient régulièrement aux tournois.

Les groupies s'extasiaient à chaque prise de balle de leur favori, ou lorsque celui était l'auteur d'un geste technique admirable, pire, s'il marquait. Les jeunes n'avaient pas meilleurs stimulants pour rehausser leur taux d'adrénaline. Les matchs devenaient de plus en plus virils car, il fallait plaire aux jeunettes.

Petit à petit, les affinités commencèrent à se créer entre les stars en herbe et leurs groupies. C'est ainsi que Térence remarqua l'agitation particulière de deux filles vis-à-vis de sa personne. C'étaient des voisines qui restaient à des pâtés de maison de la sienne mais à des sens opposés. Lycéennes comme lui, ils ne s'adressaient pas particulièrement la parole, même si au fond, elles l'ont toujours intéressé depuis son arrivée dans le quartier. Mais ce n'était pas une priorité pour lui au regard du contexte dans lequel il avait posé pied dans le quartier.

Les deux filles l'intéressaient. Chacune était attirante dans sa différence. Carmen la première des deux était d'assez petite taille mais avait des formes particulièrement généreuses, des yeux de chat intimidants, une peau brune et des cheveux courts. Marina la deuxième, par contre, était grande de taille, mince, de teint noir ébène et des cheveux longs. Alors, comment faire pour convoiter les deux séparément sans éveiller les soupçons ? Etant du même quartier elles devaient probablement se connaitre et avoir des affinités. C'est donc cette équation à deux inconnues qu'il fallait d'abord résoudre avant de tenter quoi que ce soit.

(A suivre)

10063482R00033

Printed in Germany
by Amazon Distribution
GmbH, Leipzig